Eine Geschichte mit Happy End

Roman

Impressum

Bibliografische Information der Deutschen Nationalbibliothek:
Die Deutsche Nationalbibliothek verzeichnet diese Publikation in der Deutschen Nationalbibliografie; detaillierte bibliografische Daten sind im Internet über http://dnb.dnb.de abrufbar.

Herstellung und Verlag: BoD – Books on Demand, Norderstedt

ISBN: 978-3-7504-3168-3

„Wir alle haben zwei Leben.

Das Zweite beginnt, wenn wir realisieren,

dass wir nur eines haben."

(Tom Hiddleston)

„We only live once."

„Wrong. We only die once. We live every day!"

(unbekannt)

Für Dich.

Liebe meines Lebens.

Finally.

P R O L O G

Plötzlich war das Auto da.

Fast lautlos und wie aus dem Nichts war es aufgetaucht. Der Motor heulte auf, die Bremsen kreischten, ein dumpfer Aufprall.

Er hatte zwar gelernt vorsichtig zu sein und doch war er überrascht. Er reagierte schneller, als er denken konnte, rannte instinktiv los, flüchtete.

„Einfach nur weg!", schoss es ihm durch den Kopf. Mehr ein Gefühl als ein Gedanke.

Er rannte wie noch nie zuvor in seinem Leben, geradeaus, so schnell, soweit er nur konnte.

Nach einer Weile beruhigte er sich, er nahm die Umgebung wieder wahr und fand sich am Ende einer unbekannten Straße in einer völlig unbekannten Gegend in einem Park wieder. An einem fremden Ort, den er nicht kannte, den er noch nie zuvor gesehen hatte. Und doch war es eine Umgebung, in der er sich zurechtfand. Ein Park war eben ein Park. Grünflächen, Kinderspielplatz mit Klettergerüst, Sitzgelegenheiten. Im Grunde immer dasselbe, nur die Größe variierte. Und damit auch die Anzahl der Möglichkeiten, sich zu verstecken, sich zurückzuziehen und einen Ruheplatz für den Tag und Schutz für die Nacht zu finden.

Noch völlig außer Atem setzte er sich ins Gras, beruhigte sich wieder oder versuchte es zumindest und war allein.

Er wusste nicht genau, wie es passiert war. Er hatte gehört, wie darüber erzählt wurde. Inmitten dieser Mischung aus Verkehrslärm, lauten und leisen Stimmen, verschiedenen Gerüchen, Gefühlen, konnte er nicht erkennen, woher genau die Bedrohung gekommen war.

Das Auto war plötzlich da.

Er konnte nicht glauben, dass es nun ihm passiert war. Er konnte es nicht glauben, denn in seiner Vorstellung war so etwas nicht möglich. Und doch war es nun Realität. Und ob das nicht alles schon schlimm genug war, war jetzt auch noch die Mutter weg. Er hatte sie verloren. Er wusste, dass er sie nicht suchen musste. Es war sinnlos. Der Unfall war passiert, ein Unglück, das nicht zu verhindern war.

Nun war er ganz auf sich allein gestellt.

Mitten in diesem fremden Park, mitten in einer unbekannten Gegend, mitten in der großen Stadt. Als er sich dessen bewusst wurde, bekam er es mit der Angst zu tun. Doch Angst war kein guter Ratgeber und so beschloss er, sich zurückzuziehen, jeden Kontakt mit anderen vorerst zu vermeiden und zur Ruhe zu kommen.

Morgen würde er weitersehen.

ALLEIN

Ganz alleine war alles schwieriger. Der Hunger tat noch mehr weh und nachts war es noch kälter. Die große Stadt machte ihm Angst, er hatte keine Familie, keine Freunde. Er hatte niemanden, den er die Dinge fragen konnte, die er gerne wissen wollte. Er hatte niemanden, der ihm die Antworten gab, die er wissen musste. Der erklären konnte und ihm Hilfe und Unterstützung oder einfach nur ein Freund war. Niemanden, der ihm Zuneigung gab.

Um diese Jahreszeit wurden die Tage kürzer, der Sommer war fast vorbei und es war auch nicht mehr so lange hell. Als es dunkel wurde, war es an der Zeit, einen Platz zum Schlafen zu suchen. Dieses Problem hatten viele in der großen Stadt.

Es waren so viele, die kein Zuhause hatten. Viele, denen man das nicht ansah und doch waren sie jeden Abend auf der Suche. Der Schlafplatz sollte Schutz bieten und Wärme in der Nacht, besonders in der kalten Jahreszeit. Keiner da, mit dem er beratschlagen konnte, abwägen, wo der beste Ort war. Er musste selbst einschätzen, ob diese Ecke sicher war, jene Ecke trocken. Und das alles mit knurrendem Magen.

Sind alle Menschen freundlich, sind alle unfreundlich, wo ist Vorsicht geboten? Wem konnte man vertrauen?

Er hatte Glück. Oder war es Zufall?

Zufall ist, was einem zufällt, wenn man Glück hat.

Also doch eher Zufall.

„Komm her, ich helfe dir!"

Das kleine Mädchen streckte ihm die Hand entgegen. Er war in Sicherheit.

IN SICHERHEIT

Die Nacht war angenehm kühl.

Der Sommer war nun endgültig vorbei und damit auch die große Hitze. Jetzt zu Herbstbeginn konnte man tagsüber die Sonnenstrahlen warm und angenehm spüren, doch die Nächte wurden kühler.

Das Wetter war noch beständig. So lange noch beständig, bis der Herbst Regen brachte und es dann Winter und richtig kalt wurde.

Von seinem Schlafplatz aus konnte er die Sterne sehen. Hoch oben am Nachthimmel, der wie eine dunkle Decke alles verhüllte.

Am Rande der Stadt war es dunkel genug, um die Sterne, die vielen großen und weniger großen, hellen und matten und flackernden Lichtpunkte am tiefschwarzen Himmel mit bloßem Auge zu erkennen.

Im Herbst wurden die Nächte länger und in der Dunkelheit war die Einsamkeit noch schwerer zu ertragen. Doch jetzt in der Früh, es dämmerte schon, verblassten die leuchtenden Punkte hoch oben, der rötliche Himmel vermittelte Geborgenheit obwohl ihm das Alleinsein sehr zu schaffen machte.

Der Tagesablauf war, obwohl strukturiert, monoton und einfach.

Beschränkt auf das Notwendigste. Mahlzeiten und Grundbedürfnisse.

Wann gab es eigentlich Frühstück? Sie hatten drei Mahlzeiten erwähnt. Bekam man genug?

Er streckte sich, schüttelte sich, machte sich locker. Was würde der Tag bringen, verbrachte er ihn allein oder in Gesellschaft? So viele Fragen und die Ungeduld der Jugend ließen den Gleichmut, der in seiner Situation dringend notwendig gewesen wäre, nicht aufkommen.

Mein Gott ist das laut da draußen! Familien mit Kindern, Paare, viele Leute gingen vorbei.

Wie es wohl jenseits der bekannten Spazierwege aussehen mochte? Jenseits der großen Wiese und hinter dem Zaun? Es hätte ihn so sehr interessiert, das herauszufinden. Man erzählte, dass der eine oder andere

Mitbewohner mit Hilfe von Besuchern dem eingezäunten Gebiet entkommen war. Doch niemand kehrte jemals zurück. Daher konnte er nur ahnen, wie die Umgebung aussah und was da draußen vor sich ging. War man in der Stadt? Das glaubte er nicht, dafür war es zu ruhig. Er kannte die Stadt und den Lärm.

Er war auch nicht sicher, ob es ein Wochentag oder Wochenende war. Wo war eigentlich der Unterschied? Tag ist Tag, Woche ist Woche, Jahreszeit ist Jahreszeit. Solange man in diesem regelmäßigen Ablauf am gleichen Ort lebte, war alles gleich. Der Unterschied bestand lediglich darin, ob die Luft warm oder kalt war, der Regen nass oder gefroren war, ob der Schnee liegen blieb.

Er hatte sich an dieses Einerlei gewöhnt, dieses Hamsterrad. Die Tage vergingen hier ebenso wie anderswo, in der Stadt oder auf dem Land. Wenn man nirgends richtig dazugehörte, wenn jeder Tag gleich und doch ein gewisses Maß an Unvorhergesehenem brachte. In der Stadt, auf den Straßen, waren seine Gedanken immer bei der nächsten Mahlzeit, dem nächsten Schlafplatz. Die einzige Konstante damals war die Gruppe, die Familie.

Hier im Heim hatte er Schutz. Hatte ein Dach über dem Kopf, zu essen, Ansprache und selten, aber doch, ein bisschen Unterhaltung, sogar ein wenig Spaß.

Und doch passierte nichts, das man besonders erwähnen könnte. Oder sonst wie originell gewesen wäre, nichts was besonders glücklich machte.

Manche Mitbewohner waren unterhaltsam und es war schön, gemeinsam etwas Zeit zu verbringen, wenn das möglich war. Auf andere wiederum konnte er verzichten. Doch er konnte das nicht alleine bestimmen. Er konnte nicht alleine entscheiden und es war immer wieder eine Überraschung, ob er die Nachbarn traf oder ob der Ausgang alleine stattfand. Das war der Preis für die Sicherheit, ein Dach über dem Kopf zu haben, regelmäßige Mahlzeiten zu bekommen. Spontanität war nicht gefragt im geregelten Zusammenleben mit all den anderen Schützlingen.

Er hatte seine Mutter in den Straßen der Stadt verloren und der Vater war unbekannt. Kein Einzelschicksal, aber dennoch machte es ihn immer wieder traurig, daran zu denken.

Er musste nach vorne schauen. Die Vergangenheit war nicht zu ändern. Er wollte zuversichtlich in die Zukunft schauen. Es fiel ihm schwer und doch war er hoffnungsvoll.

Die Tür ging auf. Nein, das war kein Besuch für ihn. Es war das Frühstück. Auch nichts Besonderes, aber es machte satt und war die Grundlage für ein angenehmes Nickerchen.

Der Geruch war sonderbar. Nicht nur der des Essens, ein Einheitsbrei. Abgestanden und lau. So wie der Dunst und die Stimmung, die über der gesamten Anlage lagen.

Hier und da hörte man Stimmen. Türen gingen auf und zu. Die Geschäftigkeit des Tages begann.

War heute Besuchstag? Wen würde man kennenlernen und konnte man neue Kontakte knüpfen?

Der Betreuer kam herein, murmelte etwas von „nach draußen" und „ein bisschen üben" Das hörte sich interessant an. Noch schnell ein paar Schlucke Wasser und dann los!

Draußen war gut, üben vielleicht auch, war was Neues. Spiel und Spaß mit den anderen wären ihm lieber gewesen, doch wie gesagt, man konnte es nicht selbst aussuchen. Hauptsache raus, raus auf den Spazierweg und rein ins Vergnügen.

Die Sonne stand schon halb am Himmel, es würde ein angenehmer Herbsttag werden. Die goldenen Blätter auf den Bäumen konnten sich kaum noch festhalten, viele hatten bereits den Halt verloren und es raschelte beim Gehen.

„Nicht so schnell! Kannst es wohl gar nicht erwarten!"

Die Vorfreude auf das bisschen Spiel und Spaß, auf Übungen, auf Bewegung, ließ ihn ungeduldig werden. Endlich! Der Ball flog in hohem Bogen, immer und immer wieder!

Gemeinsam herumtollen, spielen, aufmerksam sein und beobachten.

Nach einer Weile war er wieder zurück in seinem eigenen Bereich, den sie ihm zugeteilt hatten. Die eigenen, kargen und einfachen vier Wände. Ausgestattet mit dem Notwendigsten, man konnte es sich nicht selbst aussuchen. Andererseits war man geschützt. Geschützt vor Wind und Wetter und vor den Gefahren, denen man auf den Straßen der Stadt ausgesetzt war. Der Preis der Freiheit war die Gefahr. Diesen Preis wollte er nicht mehr bezahlen, nach allem was passiert war. Und doch vermisste er das selbstbestimmte, spannende Leben, wo sich von einem Moment auf den anderen alles ändern konnte. Das war auch passiert. Nun war er ganz alleine und insgeheim letztendlich doch froh, Schutz gefunden zu haben. Auch wenn er das so nie zugeben würde.

Erschöpft und angenehm müde, auf eine gewisse Weise sogar einigermaßen glücklich und zufrieden, ließ er sich auf seinem Platz nieder. Die eigene Decke schützte vor dem harten Untergrund, vermittelte ein bisschen Wärme und Geborgenheit, fast ein heimeliges Gefühl.

Die Erinnerung an die Vergangenheit ließ ihn nicht los. Gedanken an sein altes Leben, das gar nicht so lange her war und doch erschien es ihm wie eine Ewigkeit und fremd.

Auf den Straßen der Stadt herrschte Lärm, das machte Angst oder zumindest Unbehagen. Alle hatten es eilig. Wozu eigentlich? Wo musste man schneller hin, was musste rasch erledigt werden, wofür hatte man keine Zeit?

Das Leben fand statt. Es verging, die Zeit zog vorbei. Es gab viele Ausdrücke, das zu beschreiben. Und doch, egal ob er den Moment bewusst erlebte oder keine Zeit für den Moment hatte, keine Zeit ihn bewusst wahrzunehmen.

Auf den Straßen der Stadt war es ein nicht enden wollender Kampf ums Überleben. Aber dieses Leben war nun vorbei.

Hier im Heim waren viele, trotzdem war er einsam. Er bekam regelmäßige Mahlzeiten, wurde nicht nass und musste nicht frieren. Doch leben war mehr als diese Gewissheit.

Er lebte im Hier und Jetzt. Aus Notwendigkeit, um die Hoffnung auf ein besseres, auf ein erfülltes Leben nicht zu verlieren. Und versuchte trotz der Umstände den Moment zu leben, zu genießen, dass er zumindest in Sicherheit war.

Das konnte nicht jeder. Er hatte viele kennengelernt, die keine Zeit hatten. Keine Zeit, nicht einmal für einen kleinen Teil, für einen Moment. Das war schon ziemlich verrückt. Man konnte Momente nicht festhalten, das war schon klar. Aber die einfach so verstreichen zu lassen, diese kleinen vergänglichen Einheiten, ohne sie wahrzunehmen. Schade eigentlich. War doch jeder Moment etwas Einmaliges, Unwiederbringliches.

„Im Hier und Jetzt leben". Das sollte man denen ins Stammbuch schreiben, die die Zeit totschlagen. Was sollte das eigentlich bedeuten? So etwas Kostbare wie Zeit schlägt man doch nicht tot! Und für alle gilt, egal wie es einem geht, gut oder schlecht: Vorbei ist vorbei. Einige merkten das manchmal.

„Ach, könnte ich doch die Zeit zurückdrehen!" Was wäre dann? Hätte man was gelernt und würde man was anders, besser machen? Wer weiß. Aber darum ging's nicht.

Den Augenblick leben, im Hier und Jetzt, musste man täglich üben.

Er hatte seine Wünsche erkannt. Sicherheit als Grundlage und viel Liebe und Geborgenheit, zum Geben und Nehmen. War das wirklich so schwer zu erreichen?

Eigentlich hat man zwei Leben. Wenn man seine wahren Wünsche erkannt hat, beginnt das zweite. Er kannte seine Wünsche. Das zweite Leben konnte beginnen. War es nun soweit? War das der Neubeginn?

SIE WAR ALLEIN

Wieder so ein anstrengender Tag. Es war viel los im Büro, viel Schreibarbeit zu erledigen. Die Ungeduld der Anderen war ansteckend. Jeden Tag musste sie sich aufs Neue aufraffen, um sich auf das Wesentliche konzentrieren zu können.

Nicht zu viel träumen, nicht zu viel erwarten, nicht zu viele Hoffnungen haben.

Das hatte sie gelernt oder besser gesagt, das hatten ihr die Eltern beigebracht. Zu viel Kritik war auch nicht angebracht denn: Den Tüchtigen gehört die Welt!

Wie wenn die Welt jemandem gehören würde. Und ob die Welt wirklich jemand exklusiv besitzen wollte, war auch dahingestellt. Wäre ja auch eine unermesslich große Verantwortung alles zu managen. Die Schönheit der Natur, die Verantwortung für alle Lebewesen, und die Katastrophen gäbe es dann noch gratis dazu.

Einen Beruf haben, arbeiten, Geld verdienen.

Ein paar Jahre noch. Noch ein paar Jahre. Je nachdem, von welcher Seite man es betrachtete, war es doch immer ein Schwanken zwischen Zuversicht und Resignation.

Doch wie heißt es so schön? Positiv denken. Also übte sie sich darin, positive Gedanken zu finden, sie festzuhalten. Doch immer wieder wurden sie weggeschwemmt. Weggespült von „kann ich dich kurz was fragen", „kannst du bitte nur zwischendurch", „nur eine Kleinigkeit". Wo sollte das noch hinführen?

Sie wusste es nicht. Nur dass es so nicht weitergehen konnte.

„Finden Sie ihre Inseln", sagte der Psychologe.

Auf denen sollte sie wohl dann ausruhen und Kraft schöpfen, weit weg vom Trubel des Alltags. Sie machte sich auf die Suche.

Wo waren die? Im Meer von Stress und Einsamkeit versuchte sie, die Inseln irgendwo auszumachen. Und obwohl sie sich wirklich bemühte, sie konnte ihre Inseln nicht finden.

Wo waren die? Weit weg am Horizont? Oder noch schlimmer, hinter dem Horizont? Sie mussten doch da sein, irgendwo da draußen.

Im Grunde genommen war sie ein positiver Mensch. Das Glas war immer halb voll. Manchmal war es aber gar nicht so leicht, sich dieses Glas, den vollen Teil davon immer wieder in Erinnerung zu rufen und sich bewusst zu machen. Was war das Volle drin?

Sie hatte die Schule mit gutem Erfolg beendet. Dann hatte sie sich verliebt, so wie sie sich das immer vorgestellt hatte. Es war einfach zu schön, um wahr zu sein. Dieser Ausspruch, diese Worte hätten ihr von Anfang an zu denken geben müssen. Manche Dinge können nicht wahr sein. Sie sind zu kitschig, zu schön, zu einfach. Vermutlich wirken da auch die Scheuklappen der Bequemlichkeit.

Die Hochzeit, die Tochter, alles war nach Plan.

Sie war damit einverstanden zurückzustehen, sich dem Kind zu widmen und dabei glücklich zu sein. Sie war glücklich mit ihrer kleinen Bilderbuchfamilie.

Doch nach einiger Zeit begannen die Probleme.

Jeder Mensch entwickelt sich weiter und manchmal noch weiter und ziemlich weit weg vom anderen. Hat andere Wünsche, andere Träume und Ziele. Und die Realität holte die kleine Familie ein.

Auf einmal passte das Puzzle des Lebens nicht mehr. Irgendjemand oder irgendetwas fegte die Teile vom Tisch, es hätten nur noch einige wenige gefehlt, das Puzzle war gut zur Hälfte fertig.

Die Midlifecrisis war erbarmungslos.

Sie sammelte die Teile auf, versuchte sie wieder zusammenzusetzen. Doch es fehlten Teile. Und Teile, die eben noch gepasst hatten, waren verändert. Warum und von wem auch immer.

Das Puzzle ihres Lebens war nicht mehr zu kitten. Nicht mit Worten, nicht mit Taten, nicht mit Tränen.

Sie musste erkennen, dass das Puzzle kaputt war. Zerbrochen in die Teile Frau, Mann, Kind.

Eines Tages würde sie darauf zurückschauen, als ein Teil von ihr, ihres Lebens. Sie konnte es sich nicht vorstellen. Aber jetzt war es soweit. Es stimmte wirklich und sie war dankbar für die Erfahrungen, die sie gemacht hatte. Auf einige hätte sie verzichten können, aber das Leben ist all inclusive.

Man hat eigentlich zwei Leben. Nun war es also so weit. Das zweite Leben, eine große Chance.

EIN NEUES PUZZLE

Wie sollte sie ein neues Puzzle finden, es waren viele im Angebot. Doch wollte sie überhaupt eines davon?

Es war so schwierig, sich für eines zu entscheiden. So viele verschiedene Bilder in Gedanken und die Frage, ob dann letzten Endes wieder ein Stein fehlte. Oder ein neues Puzzle beginnen, vertrauen in die eigenen Fähigkeiten und damit in neue Möglichkeiten. Nur bis zum nächsten Schritt denken und doch das große Ziel nicht aus den Augen verlieren.

Wie sollte der Neubeginn sein? Es war schwierig sich darüber klar zu werden, was sie eigentlich wollte. War aber so und war nicht einfach.

Also machte sie eine Liste. Natürlich nur im Kopf. Die Liste sollte nicht zu lang sein, nur einige wenige wichtige Punkte. Aufschreiben kam überhaupt nicht in Frage. Was wenn ihr was passiert und jemand findet diese Liste? Nicht auszudenken, wie peinlich das wäre.

Das hatte sie von ihrer Mutter gelernt. „Geh niemals in schmutzigen Kleidern oder ungepflegt außer Haus. Wenn dir was passiert, soll alles seine Ordnung haben!"

Wie völlig sinnlos war das denn. Sie stellte sich die Szene eines Unfalls auf der Straße vor. Oder die Notaufnahme in irgendeinem Krankenhaus. Wer schaut da auf gebügelte Hemden oder geputzte Schuhe?

Aber zurück zur Liste. Vielleicht sollte sie diesen Teil der Erziehung aus Kindertagen vergessen und doch alles aufschreiben. Wenn ihr etwas zustoßen sollte, würde irgendjemand die Liste, ihre Liste, finden. Dann wusste die Nachwelt eben, was Sache war. Sollten die doch mit den Informationen machen, was sie wollen und erfahren, wer und wie sie wirklich war, was ihre wirklichen Wünsche waren, wie traurig sie manchmal war.

Was sollte nun Punkt eins auf der Liste sein? Sehr schwierig, das zu entscheiden, zu formulieren. Was war das Wichtigste, der sehnlichste Wunsch?

War sie nicht eigentlich zufrieden mit ihrem zweiten Leben? Sie hatte alles hinter sich gelassen, hatte neu anfangen. Wohl mit einem finanziellen Risiko verbunden aber in Ruhe und selbstbestimmt. Was kostet die Freiheit, das sich treiben lassen können? Das war eigentlich unbezahlbar.

Und doch hatte sie bezahlt und hatte eine zweite Chance bekommen, ihre zweite Chance auf ein erfülltes Leben.

Wie schön war es, in der Freizeit rauszugehen, die Familie zu treffen, mit Freunden beisammen zu sein.

Wie schön war es, in Ruhe zu arbeiten.

Es war nichts anders am Tagesablauf, am Wochenablauf. Und doch war alles anders.

FREIHEIT

Jetzt war sie wieder am Anfang. Eine kleine Wohnung in einer ruhigen Gegend. Die eigenen vier Wände, gemütlich und liebevoll eingerichtet, ihr eigenes Zuhause. Sie fühlte sich sehr wohl. Konnte ihre Freunde wieder treffen und etwas unternehmen oder auch nicht.

Was sollte sie jetzt mit so viel Freizeit anfangen? Es hatte eine Weile gedauert, sich an das neue Leben zu gewöhnen. Wieder nur für sich entscheiden zu können, zu dürfen.

Die Freundin treffen, die sie zum Sport brachte. Die großen Anteil daran hatte, dass sie Sport nicht mehr nur als anstrengend empfand, sondern als Ausgleich. Fast schon meditativ. Mit der sie gemeinsam trainieren und Erfahrungen austauschen konnte.

„Kommst du mit? Wir wollen verreisen. Auf eine Inselgruppe im Atlantik. Und wenn wir Glück haben, können wir Wale beobachten!".

Eigentlich mochte sie keine großen Reisen. Sie mochte keine Flugzeuge. Aber nicht weil sie Flugangst hatte, sondern Absturzangst. Das wurde ihrer Meinung nach sowieso immer verwechselt.

Also gut. Ausgemacht, gebucht und Koffer gepackt.

Die Freundin wusste, dass ein Urlaub wie dieser eine große Verlockung für sie war. Ein Urlaub war immer auch eine Entdeckungsreise. Dinge entdecken und kennenlernen, die vorher fremd waren. Fremd, fast geheimnisvoll. Und interessant und bereit, erlebt zu werden.

Sie liebte die Natur und sie liebte es Tiere zu beobachten. Im besten Fall die Kombination aus Flora und Fauna, in einer Umgebung, die neu und aufregend war. Wobei die Tierwelt sie noch mehr interessierte. Tiere, die man nicht so einfach zu Gesicht bekam. Wale waren solche Tiere. Riesengroß, mächtig, und doch so verletzlich. Einerseits bedroht in ihrem Lebensraum von einem Teil der Menschheit. Andererseits bewundert, geschätzt und geschützt vom anderen Teil.

DIE IDEE

„Warum schreibst du deine Gedanken nicht auf?", Die Tochter hatte ihr diesen Floh ins Ohr gesetzt.

Zu einem neuen Leben gehörte eine neue Idee. Und das sollte in ihrem Fall das Schreiben sein. Der erste Schritt war getan. Sie wollte eine Geschichte, ihre Geschichte aufschreiben.

Aber wie? Einfach drauf los schreiben? Das sagte sich so leicht. Ideen kann man nicht bestellen. Es braucht eine Idee, einen Anfang und ein Ende, eine ganze Geschichte. Ob jemals ein Buch daraus werden würde, ob gut oder schlecht, das konnte man selbst gar nicht beurteilen.

Doch das war im Moment auch gar nicht wichtig. Es machte Freude, wieder eine neue Aufgabe zu haben. Eine Aufgabe, die sie sich selbst gestellt hatte.

Ein Buch zu schreiben ist eine mühevolle, langwierige Angelegenheit. Glaubt man. Doch es ist auch Handwerk. Es gibt Leute, die schreiben ganze Bücher über alltägliche Angelegenheiten. Es gibt historische Romane, Geschichten über Fantasiewesen. Eine unendliche Vielfalt an Themen.

Wie machen Autoren das, schreiben die einfach drauf los? Wenn jemand fähig war, mit so alltäglichen Dingen wie Aufräumen und Ordnung halten oder Kochen ganze Bücher zu füllen, dann konnte es doch nicht so schwer sein. Eine noch größere Herausforderung waren da wahrscheinlich Krimis oder Fantasy. Das kam ihr vor wie Zauberei und sie würde herausfinden, worin das Geheimnis lag.

Bei sich bleiben beim Schreiben. Über Dinge berichten, die man kennt, wo man sich auskennt. Dann findet man die richtigen Worte und kann Gefühle vermitteln.

Krimis las sie gerne, historische Romane auch. Aber Krimis konnten ganz schön brutal sein und einen geschichtlichen Hintergrund zu recherchieren und richtig wiederzugeben war sicher auch nicht ganz einfach. Und Fantasy mochte sie nicht.

Sie fand heraus, worauf es ankam. Sie hatte immer schon viel gelesen. War auf Lesungen, bei Buchpräsentationen, hatte Gelegenheit mit Autoren zu plaudern.

„Woher nehmen sie eigentlich ihre Ideen?", das hatte sie einmal gefragt.

„Gehen sie hinaus auf die Straße. Hören sie den Leuten zu, lesen sie Zeitung. Sie müssen nur das wiedergeben, was sie hören, erleben. Es gibt nichts Interessanteres, als das Leben selbst."

Naja und in eine lesbare, gefällige Form musste man das Ganze dann noch bringen. Sie nahm sich vor, es zu versuchen.

„Schreiben ist leicht,

man muss nur die falschen Wörter weglassen."

(Mark Twain)

Sie dachte lange nach und auf einmal war sie da, die Idee. Und sie begann, ihre Gedanken zu ordnen und schlussendlich niederzuschreiben.

Sie hätte es nie für möglich gehalten, ihre Gedanken in Worte zu fassen und aufzuschreiben, ein Buch zu schreiben. Mit ihrer wiedergewonnenen Freiheit war auch die Kreativität frei. Frei und nicht mehr gebunden in einer Beziehung, die sie einschränkte und unglücklich machte.

Die Gedanken und Ideen purzelten nur so durcheinander und wollten, ja mussten in eine geschriebene Form gebracht werden. Es sollte eine schöne Geschichte werden. Nicht allzu zu traurig, nur ein bisschen. Und spannend. Eine enttäuschte Liebe, eine schmerzhafte Trennung, große Gefühle, Sehnsucht. Und letztendlich ein gutes, glückliches Ende.

Ein Happy End wie es im Buche steht. Im selbst geschriebenen.

Es machte große Freude. Und wie groß würde die Freude erst sein, wenn aus der Geschichte, ihrer Geschichte, ein Buch geworden war.

EINE NEUE BEZIEHUNG

Ein Mann an ihrer Seite, eine neue Beziehung?
War das wichtig für sie?

Es war wichtig. Der Wunsch war groß mit
einem Menschen zusammen zu sein,
zusammenzuleben, den man liebt.

Mit einem Menschen, mit dem man gemeinsam
Zeit verbringen konnte, im wahrsten Sinn des
Wortes Tisch und Bett teilen würde, das sollte
ihr neues Leben und Glück vollkommen
machen.

So viele Fragen stellte sie sich.

Die Tochter hatte ihr geraten, es im Internet zu versuchen. Das wäre zeitgemäß. Was aber würde sie dort reinschreiben? Und war das Internet nicht zu unpersönlich? Sie hatte keine Erfahrung damit und wäre vielleicht zu ehrlich und dann wären alle, die in Frage kommen würden, abgeschreckt. Sie könnte sich interessant machen, aber das wäre dann nicht ehrlich.

Wie sollte sie sich beschreiben?

Sie war ein freundlicher, empathischer Mensch, das war das Selbstbild.

Sie war ruhig, vielleicht ein bisschen kapriziös, das war das Fremdbild.

Alles in allem aber nicht so übel.

Nur mit den Männern, das war so eine Sache. Sie hatte immer wieder Pech. Oder war es vielleicht ihre eigene Schuld?

Sollte sie nun suchen oder sollte sie sich finden lassen?

Doch wohl eher finden lassen, denn suchen konnte man vieles. Zuneigung, Liebe und Harmonie waren zu besonders und zu große Gefühle. So etwas konnte man doch nicht aktiv suchen, in welchen Medien auch immer. Und schon gar nicht im Internet.

Sie hatte gelernt, geduldig zu sein, Kompromisse einzugehen, dem Partner Eigenheiten zu erlauben und zurückzustehen. Aber sie war immer und immer wieder gescheitert. Wahrscheinlich war der bessere Weg, sich selbst treu zu bleiben und authentisch zu sein, und wenn's sein musste, alleine.

In Wirklichkeit war sie wie eine Zehnkämpferin. Nicht so sportlich, die Zeiten waren schon lange vorbei, aber vielseitig, ziemlich tüchtig. Was sollte man da hervorheben? Man sollte auch nicht übertreiben. Irgendwann würde sich dann die Wahrheit herausstellen und wie gewonnen so zerronnen. Soweit sollte es nicht kommen. Deshalb lieber kein Internet und auf den berühmten Zufall und den Mann ihres Lebens warten.

Wozu braucht man eigentlich einen Mann? Sie stellte sich diese Frage in letzter Zeit immer öfter. Auf einen Partner verzichten wollte sie nicht. Eine ehrliche Erkenntnis. Obwohl sie fast ein bisschen Angst vor so viel Nähe hatte. Sie war keine zwanzig mehr. Wie würde das sein? Kann man Liebe, Nähe und Beziehung verlernen?

Sie konnte gut alleine sein. Das hatte ihr noch nie Probleme gemacht. Hier und da eine kleine Plauderei im Büro, schöne Gespräche mit einer Freundin, das Herz ausschütten bei ihrer Tochter. Soweit das eben möglich war und was man seinem Kind zumuten kann. Aufpassen und Rücksicht nehmen auf die Tochter war ihr sehr wichtig. Ob die das wollte oder nicht.

FREIZEIT

Sogar in ihrer Freizeit konnte sie gut alleine sein. Abends, nach dem Büro ein bisschen Sport. Sie liebte es zu schwimmen. Eintauchen und Abtauchen in eine ruhige Welt, nur ein bisschen blubbern rundherum und den Kopf frei kriegen.

Oder Entspannung beim Yoga.

Oder an freien Tagen rein ins Auto und raus aus der Stadt.

Sie liebte das Wandern. Das war nicht immer so. Mittlerweile hatte sie verstanden, dass der Weg das Ziel war.

Mit dieser Erkenntnis war es so schön, draußen in der Natur unterwegs zu sein. In den Wäldern oder auf einem der Berge nur eine Autostunde von Zuhause entfernt. So nahe und doch eine ganz andere Welt.

Unterwegs rasten, dasitzen und schauen, das war ihre ganz persönliche Meditation. Sie liebte ihre Yogastunden, aber das war noch viel besser!

„Hast du keine Angst, wenn du alleine unterwegs bist?"

„Wovor soll ich mich fürchten? Vor dem wilden Tannenbaum oder der fürchterlichen Fichte?"

Natürlich wäre es noch schöner, das alles zu zweit zu erleben. Die schöne Aussicht, die Zufriedenheit und Rast zu machen nach einem anstrengenden Aufstieg.

Als Kind hatte sie wandern gehasst. Der Weg war immer zu weit. Zumal es in ihrer Kindheit weder Erlebniswanderwege noch Kletterparks, weder ein Naturschutzquiz noch Geocaching gab.

Und doch schienen ihr die Eltern das gewisse Etwas vermittelt zu haben.

Der Urlaub in den Bergen, das Wandern über die Almen. Überall hörte man das Rauschen der Stille, das sich zusammensetzte aus dem Zirpen der Grillen, dem Rascheln der Blätter, dem Gluckern des Bachs.

Sie entdeckte Orte, die in ihrer Einfachheit so schön waren, dass es fast kitschig war. Wie dieses kleine Dorf in den Bergen, gar nicht so weit weg von Zuhause.

Irgendjemand hatte Anfang des vorigen Jahrhunderts die Idee, sich hier ein Häuschen zu bauen. Anfang des vorigen Jahrhunderts? Oh mein Gott! Wie furchtbar das klingt. Wenn man um die Jahrtausendwende lebt, dann könnten zehn Jahre zurück schon das vorige Jahrtausend sein.

Sie hatte es auf dem Schild gelesen. Einer machte den Anfang. Dann kam noch einer und noch einer. Und dieses wunderbare kleine Bergdörfl entstand. Rundherum nur Wald, einfach, aber in seiner Einsamkeit bestechend schön, fast schon paradiesisch. An so einem Ort zu leben hätte sie sich immer gewünscht. Hier ein Häuschen zu haben wäre unbezahlbar.

Im doppelten Sinn. Sie konnte es sich nicht leisten, wiewohl es sicher schön wäre hier zu leben. Eben unbezahlbar.

Aber alles kann man nicht haben.

Warum eigentlich nicht?

Wer wusste schon, wohin sie ihre Wünsche noch führen würden. Der erste Schritt war getan, und man sollte doch in kleinen Schritten, immer nur von einem zum anderen denken. Und doch das große Ziel nicht aus den Augen verlieren.

FAMILIE

Sie hatte sich entschieden in der Stadt zu bleiben. Vorerst. In der Nähe der Tochter. Weit weg von der Familie einen neuen Wohnsitz zu gründen, das kam im Moment überhaupt nicht in Frage.

„Kannst Du bitte morgen Abend auf die Kleine aufpassen?"

Wie schön waren die Abende mit der Enkeltochter. Sie kam dann immer schon früher, sie kochten gemeinsam, spielten. Dann ab ins Bad, das Zähneputzen und später noch eine Gute-Nacht-Geschichte.

Welches Bilderbuch war heute dran? Die Zeit und Ruhe für ein kleines Kind zu haben, das mehr oder weniger geduldig zuhört, nicht schlafen will und doch fallen die Augen immer wieder zu. Die Geschichte weiter zu erzählen, obwohl das Buch schon längst aus ist. Damit die Kleine einschläft, gekuschelt an die Puppe und das Stofftier.

So schöne Momente, losgelöst vom Alltag. Momente, die bestätigten, dass sie im Leben doch vieles richtig gemacht hatte.

Später auf dem Heimweg, in der frischen Abendluft, das angenehme Gefühl für die Familie da sein zu können. Nein, es war keine Last. Es war eine Freude, die junge Familie zu unterstützen.

Die Tochter wünschte sich oft, sie hätte beide Eltern an einem Ort. Gemeinsam, eben wie ein Ehepaar. Erreichbar für Besuche, Gespräche. Für sie selbst und für das Enkelkind.

Aufgewachsen in einer schönen, ruhigen Gegend. Von Anfang an hatte sie ihr eigenes Zimmer und die Möglichkeit, alleine zu spielen und nicht teilen zu müssen. Oder Freundinnen einzuladen und Geheimnisse zu haben. Oder einen Kindergeburtstag zu feiern.

Aufgewachsen mit der Freiheit von Klein an draußen zu spielen. Mit den anderen Kindern mit dem Fahrrad unterwegs zu sein. Immer auf Entdeckungsreise im Grünen hier am Stadtrand.

Eigentlich eine schöne Kindheit.

Sie erinnerte sich aber auch an die Zeit als Teenager. Streit zu Hause und viele Tränen.

Streit mit den Eltern. Wegen gar nichts und wegen so wichtigen Dingen.

Nun verstand sie, dass es nicht leicht war. Die Mutter oft traurig zu sehen, war schwer zu ertragen.

Jetzt, mit ihrer eigenen Familie war ihr vieles klar geworden. Ihre eigene Familie, ihr Mann und ihr kleines Mädchen waren nun ihr ganzes Glück. Sie würde sicher auch Sorgen und Probleme haben, aber nie ihre Familie auf Spiel setzen.

Sie hatte erkannt, wie wichtig, wie wertvoll das für sie war. Sie war kein Kind mehr, sie war erwachsen und ihr zweites Leben hatte begonnen.

DER WUNSCH

Sie war unterwegs auf ihrer Laufrunde, trabte dahin. Versunken in Gedanken.

Von weit her, zwischen Straßenlärm in der Ferne und Gesprächsfetzen von Spaziergängern plötzlich das Bellen eines Hundes. Ein Hund! Der Herzenswunsch, der rote Faden in ihrem Leben. Den sie aber bis jetzt nie zu fassen bekam.

Schon als Kind wollte sie einen eigenen Hund haben.

Die Eltern sagten nein.

Im ersten eigenen Zuhause wollte sie einen haben.

Der Ehemann sagte nein.

Jetzt im zweiten Leben wollte sie einen haben.

Ihr Herz sagt ganz laut ja, niemand mehr da, der widersprach.

Sollte das der erste, wichtige Punkt auf ihrer Liste sein? Die Liste der Wünsche, die sie nun einen nach dem anderen verwirklichen konnte?

DIE SUCHE

Sie hatte viele Bücher gelesen. Über Hunde, deren Erziehung und Ausbildung, Rassen und deren typische Eigenschaften. Alles sollte perfekt sein. Wie Antoine de Saint Exupéry schrieb: „Du bist zeitlebens für das verantwortlich, was du dir vertraut gemacht hast". Schöne Worte, die ihr fast ein bisschen Angst machten. So war sie eben. Entschlossen, einmal was zu wagen und sich einen Traum zu erfüllen und doch ein bisschen zögerlich.

Wo sollte man mit der Suche nach dem passenden Hund beginnen? Das konnte doch nicht so schwer sein. Suchfunktion im Internet starten, ein paar Filter setzen. Kreuzen sie an, weiblich oder männlich, Rasse oder Mix, Tierschutz oder Organisation oder Züchter. Telefonieren und ein Tier abholen.

Weit gefehlt! Es tat sich eine Welt auf mit einer Fülle an Informationen, Dingen, die man nicht gewusst hatte, die man gar nicht wissen wollte. Und je tiefer man grub umso schwieriger wurde es.

Also meldete sie sich bei einigen Organisationen an, versuchte im Tierschutz aktiv zu werden, las Berichte, Zeitschriften, Beschreibungen und Rassemerkmale. Und es wurde noch schwieriger und immer komplizierter.

Sie besuchte Pflegetiere, machte sich ein Bild und lernte viel über Verhalten und Wesen von Hunden.

Sie besuchte Seminare, streichelte Wölfe unter Anleitung in der Forschungsstation. Und merkte, dass man nichts vorhersehen kann. Dass man sich auf den jeweiligen Charakter einlassen muss, dass ein Hund eher mehr als weniger ein Überraschungspaket ist. Und dass man die Rechnung ziemlich schnell präsentiert bekam.

In der Kindererziehung dauert das ein halbes Leben. Ein Hund folgt gleich nicht. Folgen im Sinn von orientieren an seinem Menschen. So viel zu Wissenschaft, Verhaltensbiologie und Lernen.

Sie füllte den Folder aus. „Wir suchen ehrenamtliche Helfer für unser Tierheim, unsere Tiere." Was helfen? Ach so. Spazierengehen mit dem Hund, spielen, beschäftigen, Kontakt mit anderen Hunden und Menschen. Das traute sie sich zu.

Ausgefüllt, ein Klick auf senden und es war fix. Es gab kein Zurück mehr, sie war angemeldet.

Sie wartete Tage, aus denen Wochen wurden. Aus denen eine lange, nicht mehr genau bestimmbare Zeit des Wartens wurde.

Es geschah nichts.

DER ANRUF

Sie war im Büro, versuchte ihre Aufgaben mit Routine und ohne viel Aufregung zu erledigen. Plötzlich läutete das Telefon. „Sie haben sich bei uns angemeldet, um bei der Betreuung zu helfen". Wer war das? Sie hatte das Formular aus dem Internet, die eMail vom Tierheim längst vergessen. Wäre damals fast im Spam gelandet.

„Wir suchen Helfer und würden sie einladen, unseren Informationsabend zu besuchen, um dann mit unseren Hunden zu arbeiten."

Das Warten hatte sich gelohnt, jetzt konnte sie sich ihren Wunsch erfüllen!

Zumindest als Teilzeithundebesitzerin.

Oder Teilzeithundebetreuerin.

Brachte sie das übers Herz, Nähe zu einem Tier aufzubauen, um dann zu sehen, wie es vermittelt wurde? Und wieder kam die Unsicherheit, das Zögern. Würde sie das schaffen?

„Beugen sie sich nie über den Hund." Die junge Frau in Khakihosen und einem Gilet, gespickt mit unzähligen Hundehaaren, erklärte „er könnte das als Drohgebärde auffassen. Und achten sie immer auf die Körpersprache". Von wem jetzt? Na das kann was werden. So viel Theorie. Was man alles soll, was man nie darf. Und trotzdem könne man sich nie sicher sein.

Das Anlegen eines Halsbandes, eines Brustgeschirrs, das Anleinen. Das kam einem da einfach vor. Manuelle Tätigkeiten, an denen man nur scheitern konnte, wenn man wirklich ungeschickt war.

Außer im Winter, wenn die Finger fast gefroren waren. Oder im Sommer. Nachdem der Hund im Teich gebadet hatte. Um das Ufer von der Wasserseite aus zu erforschen. Nasses Halsband auf nassem, womöglich langhaarigem Hund. Das war eine echte Herausforderung.

Sie wollte doch nur einen Hund. Das warme, weiche oder auch struppige Fell beim Streicheln in der Hand spüren. Das Glück, das man angreifen konnte.

Das zufriedene Schnaufen hören, wenn nach dem Spiel und Spaß Ruhe einkehrt.

Die Ohren, die kaum merklich immer in Bewegung waren, auch im Schlaf.

Das von einem Moment auf den anderen auf die Pfoten springen und mit einem mehr oder weniger bestimmten Bellen aufmerksam machen. Auf was auch immer. Einfach nur ein Hund.

„Wir gehen nun zu unseren Neuankömmlingen". Die Tierpflegerin verteilte die Leinen und sie folgte ihr, gemeinsam mit den anderen Kursteilnehmern.

DIE BEGEGNUNG

Er war müde und einsam. Hier in seinen vier Wänden war das gleichbedeutend. Die Tage zogen vorbei wie die Leute draußen. Er bekam keinen Besuch.

Schritte. Kamen näher. Hört er richtig? Die Tür ging auf.

„Das ist Poldi".

Sie war sich sofort sicher. Das war er. Ihr ganzes Leben hatte sie auf diesen Hund gewartet!

Er hob den Kopf. Augen wie Bernsteine schauten sie aufmerksam und interessiert an, er schüttelte das struppige, dunkle Fell zurecht, kam auf sie zu.

Man konnte nicht sagen, welche Rassen wohl unter seinen Vorfahren waren. Die Zukunft würde zeigen, dass ein großes Herz in diesem kleinen Hund schlug und dass die Jagdleidenschaft einen großen Teil seiner Persönlichkeit ausmachte. Lebhaft und schnell, voller Erwartung auf jede neue Herausforderung, freundlich und furchtlos.

Er ließ sich anleinen und sie gingen gemeinsam hinaus. Auf die große Wiese. Zum Kennenlernen und aneinander gewöhnen.

Sie hatte sich sofort entschieden, für diesen Hund, dem sie so ungeplant und unerwartet begegnet war. Am liebsten hätte sie ihn sofort mitgenommen. Doch dann siegte die Vernunft und sie beschloss Poldi erst einige Tage später abzuholen. Das Zuhause musste erst hundegerecht ausgestatten werden.

Sie erledigte alle erforderlichen Dinge. Futter, Körbchen, Spielzeug wurde eingekauft. Alles was ein Hundeherz begehrt und der Besitzer braucht.

ZUHAUSE

Die ersten Tage mit Poldi waren eine Expedition in eine neue Welt, die Welt der Hundebesitzer. Lauter weiße Flecken auf der Landkarte, die entdeckt werden mussten.

Machte sie alles richtig? Was war richtig? Konnte man was falsch machen?

Oh ja, man konnte. Man konnte diesem verführerischen Blick nicht standhalten und schrecklich inkonsequent sein. Poldi würde nicht gleich die Weltherrschaft übernehmen, aber größtenteils den Tag bestimmen.

Poldi folgt ihr auf Schritt und Tritt. War froh, nicht mehr einsam zu sein. Er gehörte jetzt dazu. Zu ihr, zu ihrer Familie.

Auf ihren Spaziergängen begegneten sie anderen Hunden. Poldi war der Liebling aller, besonders der Hundedamen, er schien einen gewissen Charme zu haben, einen Wau-Effekt.

Er hatte seinen eigenen Platz im Auto. An den Wochenenden fuhr sie raus aus der Stadt. Sie machten Ausflüge und waren viel unterwegs. Poldi lernte mit der Seilbahn zu fahren, ohne Angst zu haben.

Zwei, die sich gefunden hatten. Waren nicht mehr allein. Sie wussten beide, dass der andere da war, für ihn da war.

Poldi musste zum Tierarzt. Nicht weil er etwa krank war. Es gab auch für Hunde sowas wie Gesundheitsvorsorge und notwendige Schutzimpfungen. Medical Training, damit nichts passiert, wenn was passiert. Damit er behandelt werden konnte, wenn ihm einmal wirklich was fehlte.

Die Tierärztin war eine sehr sympathische, junge Frau und war es offensichtlich gewohnt, zuerst die Besitzer und dann erst die Tiere zu beruhigen. Geübt die Stimmungsübertragung in die richtigen Bahnen zu lenken.

Poldi war gesund, musste aber geimpft werden. Die Tierärztin summte leise vor sich hin, während sie Poldi untersuchte. Es war unglaublich, welche Wirkung das auf den zögerlichen Poldi hatte. Im Tierheim wurde nicht lange gefackelt und das war sicher nicht sehr angenehm.

Poldi war ganz ruhig und ließ alles über sich ergehen. Er hatte zwar keinen Spaß daran, aber zumindest keine Angst mehr und die Impfung bemerkte er gar nicht. Geschafft.

Der große Tag war da, der erste Tag in der Hundeschule, das Training begann. Man konnte es auch als Knigge für Hunde bezeichnen. Poldi sollte lernen, was er tun musste und nicht tun durfte. Hörte sich ganz einfach an.

Beim Einschreiben in den Kurs war sie noch ein bisschen unsicher.

Sie musste einen langen Fragebogen ausfüllen. Fragen über den Hund, wie Name, Rasse, Herkunft.

Poldi, Mix, weiß ich nicht, schrieb sie in die dafür vorgesehenen Felder. Name des Besitzers, Adresse, Haftungsverpflichtung. Alles war erledigt.

Die Hunde der anderen Teilnehmer hatten klangvolle Namen. Von irgendwo, zu irgendwas. Lange, komplizierte Namen wie der Hochadel. Den Hunden, die aufgeregt herumwuselten, merkte man das nicht an, den Besitzern schon.

Der Trainer, ein großer Mann mit angenehmer, ruhiger Art. Er hatte schon viele Hunde gesehen und noch mehr Menschen erklärt, welche Vorstellungen sofort ins Reich der Märchen gehörten.

Sie fühlte sich gut aufgenommen in der Gruppe der frischgebackenen Hundebesitzer, Poldi war ganz entspannt an ihrer Seite. Kleine Übungen miteinander, um Vertrauen und Bindung aufzubauen.

Machten das die Hunde eigentlich nur für die Belohnung? Die Ansicht, Poldi machte gerne mit, gefiel ihr besser. Sie waren ein gutes Team.

Poldi kam, wenn sie ihn rief, das Training machte großen Spaß.

Sie waren viel im Umland unterwegs. Auf dem Land. Neben Weiden, im Wald, in Tierparks. Größtenteils waren ihm die anderen Tiere egal. Nicht immer. Aber immer öfter.

Das Training machte sich bezahlt und Poldi lernte vieles kennen. Sie lernte viel über Hunde im Allgemeinen und den nunmehr eigenen im Besonderen. Und sie wurden als Team immer besser.

Der Winter kündigte sich an, die Stadt wurde grau. Das Licht, der Regen, die Straßen. Kalt und grau.

Zuhause war es gemütlich, Poldi lag zu ihren Füßen, noch lieber auf dem Sofa oder dort, wo er am meisten im Weg war.

Doch mit einem Hund musste man raus. In der Früh eine Runde zum richtig munter werden. Mittags weil Hund eben muss und am

Nachmittag dann das Highlight des Tages. Spiel und Spaß, Training, was auch immer. Freizeit eben. Damit Poldi beschäftigt war, eine Aufgabe bekam und nicht zur Aufgabe wurde.

Sie trotzten dem Regen, stapften im Schnee und hatten Spaß. Das war die schöne Seite des Winters.

Die Hände und Finger klamm, fast gefroren, vom ständigen An- und Ableinen in der Hundeschule. Die mit Sand malerisch dekorierte Wohnung, wenn Poldis Fell wieder trocken war. Das war der unangenehme Teil.

ALLEIN

Jetzt war es schon eine Weile her, dass sich sein Leben von einem Tag auf den anderen verändert hatte. Man kannte das aus den Nachrichten, aus der Zeitung, aus Gesprächen. Dass es ihn einmal selbst treffen könnte, daran hatte er nie gedacht, hätte es nie für möglich gehalten.

Frau und Kind bei einem Unfall auf einen Schlag zu verlieren.

Zur falschen Zeit am falschen Ort. Schicksalsschlag. Eine Aufgabe, die das Leben stellt. Das konnte man auf so viele verschiedene

Arten beschreiben, die richtigen Worte waren nie dabei. Es war einfach nur schrecklich, ein unbeschreiblicher Schock und er meinte oft, den Schmerz nicht mehr ertragen zu können. Es blieb ihm aber nichts anderes übrig.

Die Jahre vergingen, er kam mittlerweile ganz gut zurecht. Er stürzte sich in die Arbeit. Nützte die wenige Freizeit um mit Freunden unterwegs zu sein und Urlaub zu machen.

Würde er jemals eine Frau treffen, auf die er sich einlassen konnte? Wollte er wieder eine Beziehung, ein gemeinsames Leben?

Wie oft war er eingeladen worden von Leuten, die es doch nur gut meinten. Meist scheiterte schon der Small Talk. Er hatte einfach kein Interesse. Oder vielleicht war er auch noch nicht soweit.

Seine Frau hatte er schon lange gekannt. Lange bevor sie ein Paar wurden, heirateten, eine Familie gründeten.

Sie waren gemeinsam aufgewachsen, in die gleiche Schule gegangen. Dann hatten sie sich aus den Augen verloren und auf der Hochzeit eines Freundes wieder getroffen.

Aus alter Freundschaft und Jugenderinnerungen wurde Zuneigung. Zwar nicht die große Liebe, die gab es wahrscheinlich sowieso nur im Film. Es hatte einfach gepasst, sie hatten einander geschätzt und vertraut. Was will man mehr.

Alles lief nach Plan. Ein Haus wurde gebaut, geheiratet, das Wunschkind wurde geboren. Ein Sohn.

Es hätte sich alles erfüllt, was für geplantes Glück erwartet wurde, wenn nicht dieser tragische Unfall gewesen wäre.

Eigentlich hat man zwei Leben. Er wurde nicht gefragt. Er musste ein zweites Leben beginnen.

HAPPY END

Die letzten Jahre hatten ihn verändert. Aus der Notwendigkeit heraus fand er Gefallen am Kochen. Waren nicht fast alle berühmten Köche Männer? Die übrige Hausarbeit war nicht so sein Metier, aber musste auch sein.

Freunde hatten ihm geraten, im Internet eine Frau zu suchen. Wie verrückt war das denn. Gibt es etwa einen Frauen-Versandkatalog?

Um also dem Schicksal eine Chance zu geben, war er viel unterwegs.

Hinaus in die Welt der Veranstaltungen, wo man viele Leute traf.

Hinaus in die Welt der Lokale und Bars. Das war dann doch nicht so seine. Zu kurzlebig, zu laut und zu oberflächlich.

Also war er an diesem schönen Herbstwochenende, wie auch schon an vielen Wochenenden zuvor, unterwegs in den Bergen, den Hausbergen vor der Stadt. Leicht zu erreichen und doch eine völlig andere Welt.

Man konnte mit der Seilbahn ganz schnell einige hundert Höhenmeter überwinden und den Überblick bekommen. Nicht nur über die schöne Gegend. Auch über die Sorgen, über sich selbst. Frei nach Reinhard Mey ,...alles was groß und wichtig erscheint, ist plötzlich nichtig und klein.'

Er überlegte lange, ob er sie ansprechen sollte. So etwas hatte er noch nie gemacht.

Die Unsicherheit, ob und welche Antwort er bekommen würde. Er wollte sich nicht lächerlich machen. Wollte nicht aufdringlich erscheinen.

Die beiden waren ihm schon in der Talstation aufgefallen. Den Hund an ihrer Seite konnte man nicht als hübsch bezeichnen. Interessant passte da schon eher. Ein Unikat mit dem gewissen Etwas.

Er erinnerte ihn an den Hund seiner Kindheit. Frech, liebenswert, immer mit dabei. Lebhaft und eigenwillig.

„Wie heißt denn du?"

Im gleichen Moment merkte er, wie abgedroschen dieser Satz war. Und wahrscheinlich würden die meisten Menschen auf der Stelle in Ohnmacht fallen, wenn jemals ein Hund antworten würde.

„Erwartest du jetzt wirklich eine Antwort?"

Sie lachte.

Gab es sowas wirklich, Liebe auf den ersten Blick, und noch dazu in ihrem Alter? Oder zumindest ein plötzliches Gefühl der Zuneigung und Vertrautheit? Auf jeden Fall war es richtig. Sie wusste es einfach.

Er wusste es auch.

Die Seilbahn war in der Bergstation angelangt. Sie unterhielten sich so gut, entdeckten viele Gemeinsamkeiten, und merkten gar nicht, wir lange sie schon gemeinsam unterwegs waren.

Sie wanderten bis zur nächsten Hütte. Mittagsrast bei Kaiserschmarrn und dann ein wunderschöner Nachmittag, der viel zu schnell vorbei war.

Wieder im Tal angekommen trennten sich ihre Wege. Nicht ohne vorher die Telefonnummern ausgetauscht zu haben. Mit dem Versprechen, sich unbedingt wiederzusehen. Und das sollte sehr bald sein.

Man hat eigentlich zwei Leben.

Das zweite Leben sollte ein gemeinsames werden.

Und so ist das Happy End dieser Geschichte gleichzeitig der Beginn einer neuen.

Einer neuen Geschichte, die das Leben schreiben wird.

Einer neuen Geschichte, die dann nur noch erzählt werden muss. In einem neuen Buch.

NACHWORT

Es ist alles frei erfunden.

Es kann gar nicht sein, dass sich jemand wiedererkennt.

Das wirkliche Leben ist noch viel fantastischer, das würde niemand glauben.

Das wirkliche Leben schreibt selbst die besten, unglaublichsten und schönsten Geschichten.